कहना बाक़ी है

कहना बाक़ी है

कविता-संग्रह

डॉ. ओम प्रकाश शुक्ल

Sarvatra
An imprint of Manjul Publishing House

Sarvatra
An imprint of Manjul Publishing House

◆ द्वितीय तल, उषा प्रीत कॉम्प्लेक्स,
42 मालवीय नगर, भोपाल-462 003
◆ सी-16, सेक्टर 3, नोएडा, उत्तर प्रदेश, 201301
वेबसाइट : www.manjulindia.com

यह संस्करण 2023 में पहली बार प्रकाशित
द्वितीय आवृत्ति 2025

कहना बाक़ी है

ISBN 978-93-5543-343-5

डॉ. ओम प्रकाश शुक्ल इस पुस्तक के
लेखक होने की नैतिक ज़िम्मेदारी वहन करते हैं

मुद्रण व जिल्दसाज़ी : रेप्रो इंडिया लिमिटेड

परम पूजनीय माता जी
स्वर्गवासी जानकी देवी शुक्ला
को सादर समर्पित

अनुक्रम

भूमिका

'कहना बाक़ी है' (कविता संग्रह) की रचनाएँ सामाजिक विसंगतियों एवं प्रेम के विभिन्न स्वरूपों की व्यंजना करती अंतर्मन के अंतर्द्वंद से उपजी मेरी भावाभिव्यक्ति है।

माँ, अकेला, धर्मयुद्ध, गीत अधूरा रह जाएगा, दस्तक, विभ्रम, मुरलीधर-अब आ जाओ, स्पन्दन, स्त्री, लड़ो, सुरेखा, सत्यमेव जयते?, बचा नहीं कोई अब, मुर्दों का गाँव, पत्रकारिता, युवाशक्ति, प्रेम-पत्र, तान्त्रिक, कोढ़, झूठ की दुकान, भवसागर, हे प्रभु, मुखौटा, प्रपंची, बदहाल गाँव, तो क्या हुआ, सांध्य बेला, भेड़ियों को मारना पड़ेगा, डरो नहीं, रिश्ता, वेश्या, आपकी मर्जी आदि रचनाओं का संकलन है - 'कहना बाक़ी है'।

रचनाएँ जीवन के यथार्थ को बयां करती हैं तो कुछ दिल को छू जाती हैं, कुछ मन-मस्तिष्क को झकझोर जाती हैं तो कुछ मन का मंथन करती हैं। इन रचनाओं की यही खासियत है।

मैं साहित्य के विद्यालय में एक विद्यार्थी हूँ, जहाँ पढ़कर, समझकर, सुनकर, देखकर, सोचते और सीखते हुए भावों को शब्दों में उकेरने का प्रयास किया है। 'कहना बाक़ी है' आपसे कितना अभेद संबंध स्थापित करने में सफल रहा है, यह आप पर छोड़ता हूँ।

इसी आशा एवं कामना के साथ।

धन्यवाद!

स्नेह एवं आशीर्वाद की आकांक्षा के साथ

आपका

डॉ. ओम प्रकाश शुक्ल

1. माँ

बचपन की यादें
माँ की लोरियाँ
परियों की कहानी
उनकी स्मृतियाँ
डाँट, प्यार एवं दुलार
अब
मन के चिन्तन में प्रतिदिन
अविरल बहती रहती हैं
माँ
जननी है
अतुल्य है
अप्रतिम है
ममता, करुणा, दया एवं क्षमा की मूरत है
चाहे हो दुर्गा या पार्वती
चाहे हो लक्ष्मी या सरस्वती
सर्वश्रेष्ठ है वह।
भेद नहीं करती वह बच्चों में
चाहे हो रावण या विभीषण
बरसाती स्पन्दन करती जीवनधारा सब पर
जब तक जिंदा है वह
श्रद्धा से
निर्मल मन से
प्रतिदिन कर प्रणाम उसको

बढ़ते जाओ
निर्मल जीवन जीते जाओ
यादें ही रह जाती हैं
पछतावा होता है बस
देर करो मत
पूजो उसको
अर्पण सब कुछ कर दो उसके चरणों में
जीवन की निर्मल धारा में बहते जाओ।

2. अकेला

सुबह से
चलता आ रहा हूँ
जीवन पथ पर
आए, मिले लोग, छूटे वे
अकेला चला आ रहा
खट्टे-मीठे यादों के साथ
कुछ से बनी, कुछ से बिगड़ी
रिश्तों का ताना-बाना बुनता रहा
रोता था अकेले
न था कोई साथी
स्वयं ही चुप होता रहा
डूबने पर है सूरज
क्षितिज हो रहा अन्धकार मय
आया अकेला
हूँ अकेला
चला अकेला
समय आ पहुँचा
ले जाने अकेला
नियति है जीवन की यही
जभी जागो, तभी है सवेरा
सुबह से
चलता आ रहा हूँ
आ पहुँची है सांध्य बेला।

3. आवाज

जीतने की जिद है जिन्हें
हटते नहीं वे पीछे
दर्ज करते हैं जीत
हिम्मते हौसला बुलन्द करके।

रास्ते में रोड़े आएँगे
लड़-खड़ाकर खड़े होना
सीखना इनसे
जीत कर जब आओगे
नतमस्तक मिलेंगे ये राहों में।

कलयुग में जीतना
इतना आसान नहीं है
हर कदम पर हैं
शातिर खिलाड़ी
भीड़ है इनकी
शिकस्त दो इनको
सांप से भी खतरनाक हैं ये।

4. गीत अधूरा रह जायेगा

तुम
झम-झम-झम-झम-झम
नाचो
गीत बनेगा, संगीत बनेगा
रच-बस जाएगा
तन-मन में
सुनकर, सुनने वालों के
मैं भी दूर खड़ा
सुनता जाऊँगा
गीतों को संगीतों में
बुनता जाऊँगा
रोको मत पग को
गीत अधूरा रह जाएगा
वीणा के तारों में
संगीत अधूरा रह जाएगा
पायल की रुन-झुन से
संगीतों की धुन में
गीतों को बुनते जाओ
लिख दो ऐसी गाथा
अविरल बहती जल धारा जैसी
गीत अमर कर दो तुम
झम-झम-झम-झम-झम
नाचो तुम।

5. धर्मयुद्ध

मानव भेड़ियों से
ईमानदारी से जीत न सको
तो मार दो बेईमान बनकर
कोई पाप नहीं लगेगा
धर्मयुद्ध में यही होता रहा है
कृष्ण जी ने भी
महाभारत में यही किया था
सदियों से यही होता आ रहा है
डरने की जरूरत नहीं है
पीछे हटोगे
तो ये मार देंगे
आगे बढ़कर
खत्म कर दो इनके वजूद को
कुछ तो कम होगा
बोझ धरा का।

6. खोल में होल

कहते थे वे
सब मुरीद हैं मेरे
कहने से चलते हैं
कहने से रुकते हैं
डीगें हाँकते थे
चलता रहेगा राज मेरा
इतिहास से
कुछ सीखा नहीं
फिर क्या हुआ
खोल में
होल कैसे हुआ
पता करो
वरना न तुम रहोगे
न मैं रहूँगा।

7. विभ्रम

एक मित्र ने कहा
हम आदमी को देखकर
सब कुछ पढ़ लेते हैं
समझ जाते हैं
हमने कहा
लोग पत्नी के साथ जिंदगी गुजार देते हैं
समझ नहीं पाते हैं
आप तो महान हैं
मित्र कुछ सकुचाए, चिंतित भी दिखे
कुछ बोले नहीं
अगले दिन मिले
उनके साथ घटना कुछ ऐसी घटी
कह नहीं पा रहे थे
मेरा मन धड़का
मैंने पूछा, क्या हुआ?
मित्र ने कहा
कल सपने में धर्म-पत्नी बड़-बड़ा रही थी
किसी राधेश्याम का नाम ले रही थी
मैंने झकझोर कर जगाया
सपने में बड़-बड़ा रही हो बताया
किसी राधेश्याम का नाम ले रही थी
उसने कहा
प्रिये,

दिन भर भगवान कृष्ण का ध्यान करती हूँ
इसलिए सपने में भी राधेश्याम रचे-बसे हैं
मैं हतप्रभ हो गया
और पत्नी के साथ राधेश्याम-राधेश्याम जपने लगा।

8. दस्तक

उमड़-घुमड़ बादल गरजे
बागों में रौनक लौटी
पक्षी का कलरव गूँजा
नभ में लाली छाई
दस्तक दी आने की
तन-मन हुआ प्रफुल्लित
चलते-फिरते उसकी गलियों में
पूछा करते थे
वह कब आएगी
सूरत-कीरत की आभा फैलाएगी
जब वह आई
देखा उसको
बढ़ी धड़कने दिल की
कुछ सूझे न
क्या पूछें उससे
विरह-व्यथा की गाथा को
आँखों-आँखों में कह डाला
चलते-फिरते फिर मिलने का वादा कर डाला।

9. मुरलीधर-अब आ जाओ

मुरलीधर
अब आ जाओ
भ्रष्टाचारी, अत्याचारी, आतंकी
पग-पग पर फैले हैं
सहृदय-सरल
नतमस्तक होकर
छुपकर सब इनसे बैठे हैं
मुरलीधर अब आ जाओ।
रुदन धरा पर छाया है
कर प्रलाप मानव चिल्लाया है
हाथ जोड़ प्रणाम कर
मन को समझाया है
आएँगे प्रभु
ऐसा लगता है
मन विह्वल डर के साये में जीता है
देर न हो जाए
मुरलीधर अब आ जाओ।
पैसे के लालच में
सब अन्धे बन बैठे हैं
चीरहरण करने को आतुर
हर क्षण रहते हैं
सिसक रहा है मानव हर क्षण
मुरलीधर अब आ जाओ।

10. तुम नहीं समझ पाओगे

यहाँ सब कुछ बिकता है
खरीददार चाहिए
जो नहीं बिकता
हमें बताइए।

जनाब कुछ महँगे बिकते हैं
कुछ सस्ते बिकते हैं
कौन कितना ज्यादा गिरा है
उस हिसाब से बिकते हैं।

हम ही राम हैं, रहीम हैं
नानक और पैगम्बर भी हैं
तुम भी नहीं समझ पाओगे
हम क्या-क्या हैं?

तुम्हारे वेष में ही
तो हम छल रहे हैं
नकाब तुम्हारा है
काम हमारा है।

बिकने और खरीदने से
राजनीति चल रही है
बाकी दुकान तो फीकी है
बस यही एक चल रही है।

सुरक्षा चाहिए
तो हमारे पास आइए
मरना है हमसे
तो दूर जाइए।

11. अपनी लीला दिखला जाओ

जीवन की अन्तिम बेला में भी
मुझको याद करोगी
मन व्याकुल
छिटके-छिटके बादल जैसे
तपती धरती जैसी
इच्छा होगी
बादल उमड़े-घुमड़े
गरजे
बिजली कड़के
जल बरसे
धरती प्यासी
तर हो जाए
आकर मुझको
गले लगा लो
हे ईश्वर,
जीवन की अन्तिम बेला में
अपनी लीला दिखला जाओ।

12. ख़त

पहले ख़त को हाथ में लेते ही
वह सिहर जाती थी
खोलती थी वह ख़त को
बड़े सलीके से
पढ़कर तो न जाने क्यों?
लाज से शरमा जाती थी वह
ज़माना वह भी था
कि सब कुछ बयां करता था ख़त
अब तो गुजरे जमाने की बात है
न तो अब ख़त है
और न अब पढ़ने वाले।

13. परिवार

परिवार टूटने का दर्द
हमने देखा था
माँ की आँखों में
जैसे वह अन्दर से टूट गई हो
कुछ ढूंढती नजर आती थी
कोई आश्रय देने के लिए तैयार नहीं था
जैसे बोझ बन गई हो
किसी ने छोड़ दिया
तो किसी ने मना कर दिया
मैंने उनकी वेदना को देखा था
डरी सहमी सी रहती थी
कुछ बोलती नहीं थी
परिवार न टूटे
इसलिए सब सहती थी
किसको क्या मिला
अलग होने से
मुझे नहीं मालूम
लेकिन हम सब ने माँ को असमय खो दिया
मैं रोज क्षमा माँगता हूँ
कुछ कर नहीं पाया
निरीह हो गया था
कैसे मैं उनकी वेदना को समझ नहीं पाया
एक दिन

दिल में उठे बवन्डर ने
उन्हें खत्म कर दिया
साया उठ गया
सपने टूट गए
रह गया तो सिर्फ 'परिवार'।

14. स्पन्दन

धड़कन पैदा करके
स्पंदन बन के
सागर की लहरों जैसा
अठखेली करते जीवन जी लें
उसमें क्या रखा है
जिसकी चाहत सबको है
हम दोनों अद्भुत हैं
विरले हैं
तब तो लिखते-पढ़ते रहते हैं
यादों को शब्दों से सींचा करते हैं
सुनते और सुनाते हैं
वीणा के तारों जैसा
उसको झंकृत करते रहते हैं
जल-थल-नभ के मिलने जैसा दृश्य बना है
आओ, नाचे सपने में
यादों को संचित करके
हो प्रलय-विलय उनका सपने में
राही बस चलता जा उन लम्हों में।

15. जीवन जीने दो

क्या लिखूँ
कैसे लिखूँ
डर लगता है
शब्द हैं, लिख तो दूँ
हलचल मच जाएगा
दफना कर रक्खो
चलने दो
कूट-रचित कदमों को
सम्बल है जिसको
समझे वह
कंपन है उस अवलम्बन में
दूषित मन मत कर
चलने दो जीवन ऐसे ही
जो करते हैं वे भरते हैं
अद्भुत लीला है उसकी
कर विश्वास उसी पर
जीवन जीते जाओ
जो होगा अच्छा होगा
यह सोचो
अच्छा करते जाओ
कूट-रचित कदमों से हटकर
पाँवों को बढ़ने दो
जीवन जीने दो।

16. बदहाल गाँव

जो गाँव, कभी खुशहाल हुआ करते थे
दादा-दादी, नाना-नानी की गोद में
पड़ोसियों के बच्चे भी
किस्से कहानियाँ सुना करते थे
परियों की कहानियों में खो जाते थे
भूख लगने पर दूध-दही खाते-पीते थे
नींद आ गई
तो लोरी गाकर सुला देती थी।
गाँव में किसी का जब कोई
रिश्तेदार आता था
तो गाँव के पड़ोसी के पक्के मकान की दालान में सोता था
आवभगत होती थी
जैसे उसका सगा रिश्तेदार हो।
कलयुग में राम-राज्य था
लड़ाई-झगड़े
गाँव की पंचायतें सुलझा लेती थी
थाना-कचहरी मालूम नहीं था
कोसों दूर होते थे।
अब गाँव बदल गया है
उजड़ गया है
एक सन्नाटा सा छा गया है
जैसे किसी की मौत हो गई है
गरीबी, बेराजगारी डायन की तरह डकार मार रही है।

गाँव छोड़कर जो चले गए
ज्यादातर लोग आना नहीं चाहते
जो आना चाहते हैं
उनको गाँव वाले देखना नहीं चाहते
जैसे उनकी बदहाली के वे जिम्मेदार हैं।

ईर्ष्या-द्वेष, कुण्ठा घर कर गया है
पुरखों की जमीन बंजर पड़ी है
मेहनत करना नहीं चाहते
मुर्दों की तरह इनका झुण्ड
सुबह-सुबह घर से निकल पड़ता है
चाय की गुमटियों पर दिखता है
कोई आकर चाय पिला दे
घंटों इन्तजार करते हैं
शहर से आया कोई
उधर से गुजरता है
तो आवाज देकर बुला लेते हैं
और चाय बनाने का तुरन्त आदेश दे देते हैं
वह भी चाय पीकर
पैसे देकर जब वहाँ से निकलता है
तो ये कहते हैं
देखा, इसको मैंने कैसे बेवकूफ बनाया।
शाम होने तक
गाँव से दिल्ली तक चर्चा करते हैं
देश की महान विभूतियों को भी
नहीं छोड़ते हैं

शाम को लौटते हैं जब
कोई आवाज देकर बुलाता है
लाई-चाय, खिलाता-पिलाता है
जय हो! विजय हो! बोलते निकल जाते हैं
उजड़े हुए घर की ओर
जो शमशान हो गए हैं - की ओर।

17. यादें

सोचा था वह मिलेगी
तो सब कुछ कह दूँगा
जब मिली
तो होश-ओ-हवास खो बैठा।

जब मिलते हैं दोनों
तो अजीब कशिश होती है
न वो कुछ बोल पाते हैं
न वो कुछ कह पाती है।

दरवाजे को आधा खोलकर
हाथ से पकड़े हुए
जब वह देखती है
तो आँखें खुद बखुद दास्ताने बयां कर देती हैं।

बचपन की यादों को संभालकर रखा है
स्मृतियों में दिन-रात
कोई डाका न डाल सके
इसलिए छुपा कर रखा है।

जिंदगी छोटी सी पहेली बनकर रह गई है
न बुन पाता हूँ
न ही सुलझा पाता हूँ
ऐसे यूँ ही चलता जाता हूँ।

18. प्रपंची

कैसा है वह
प्रपंची
जो प्रपंच कर दूसरों के दुख में
जहर घोलता है
बाँटता है सबको
छलकर
छोड़ता है वह नहीं
अपने ही परिवार को तोड़ता है
बहू से बेटा चाहिए था
बेटी नहीं
बेटा-बेटी और पत्नी साथ मिलकर
बहू को पीटती हैं
सिसकियाँ लेती है
वह अकेली
मौन रहकर देखता है सब
बोलता कुछ नहीं
भूल जाता है वह
कि उसकी माँ किसी की बेटी है
उसकी भी बेटी है
फिर भी
कर प्रपंच वह जीवन ऐसे जीता है।

19. लौटा दो बचपन को

मालूम होता
इन यादों को
बनना होगा जीवन में
नदियों जैसा बहता पानी होगा
तो कर प्रणाम ईश्वर को कहता
बचपन में ही रहने दो
क्या रखा है उस जीवन में
जिसमें सूनापन हो
स्वार्थ और लालसा रहती हो
लौटा दो बचपन को।
ले लो सब कुछ
जी ले फिर से
वह सब कुछ
निर्मल पानी की धारा जैसे
जी ले फिर से
रोको मत अब
लौटा दो बचपन को।

20. स्त्री

स्त्री है वह
कितने राज को दिल में छुपा कर मर जाती है
ताकि सब खुश रह सकें
दफन कर रखती है, ढकती है
रिश्तों को जीती है, सिलती है, जोड़ती है
एक धागे में पिरोती है
न जाने कितने रिश्तों को बखूबी जीती है
निभाती है
ममता की मूरत है, ममतामयी है
इज्जत की रक्षा के लिए दुर्गा है वह
लक्ष्मी और सरस्वती भी है वह
न जाने क्या-क्या है स्त्री
अनेकों रूप हैं उसके
अद्भुत है, अकल्पनीय है
जननी है
सब कुछ है, उसी से सृष्टि है
सब कुछ उसी से जीवन्त है
वह बेटी भी है, माँ भी है, बहिन भी है, पत्नी भी है
सासु भी है, बुआ, ननद, मौसी
दादी और नानी भी है
सशक्त है, अबला नहीं है
फिर भी
आज भी स्त्री अबला कहलाती है।

21. बैरी बादल

बादल गरजे
पानी बरसे
बिजली कड़के, घुप्प अंधेरा छाए
मन भरमाए
प्रियतम की याद सताए
विह्वल मन
स्पन्दित तन
बांहों में भर लो आकर।

बैरी बादल
जल धारा तड़-तड़ करती
पड़ती दालानों के छत पर
चलते-फिरते
पाँवों की पायल
छन-छन करती
माने न इस मौसम में।
तन-मन माने न
फिर कब आओगे
विरह-व्यथा से पीड़ित
मन को कैसे समझाऊँ
बीत रही हैं रातें
आशा में

तेरे कदमों की आहट सुनने को।
रुक जा बादल-बिजली
विनय निवेदन है तुझसे
आएँगे वे जब
गिन-गिन कर बदला लूँगी तुझसे
फिर भी बैरी बादल माने न।

22. लड़ो

लड़ो
पूरे मन से
ताकत से
अन्याय के खिलाफ
अगर हारते भी हो
तो जीत तुम्हारी होगी
तुम्हारा नाम लेंगे लोग
कोशिश करेंगे
अन्याय के खिलाफ लड़ने के लिए
लोग तो
हारने के डर से
मरने के डर से
पहले ही धनुष-बाण रख देते हैं
मृत्यु
सब की निश्चित है
लड़कर मरना चाहते हो
या पीठ दिखाकर
भाग कर मरना चाहते हो
वीर योद्धाओं की फेहरिस्त देखो
अन्तिम सांस तक लड़े
कइयों हार भी गए
परन्तु अमर हो गए
इतिहास लिख गए

दुश्मन भी नतमस्तक हो गए
आज उनकी हम
वीर गाथा गाते हैं
श्रद्धा से सर झुकाते हैं
लड़ो पूरे मन से - ताकत से
अन्याय के खिलाफ।

23. हवस

सत्ता की लालच में
वोट की राजनीति में
सब को साधते जा रहे हैं
अवैधानिक कृत्यों को वैधानिक करते जा रहे हैं
अपनी तरफ से भक्तों को
हर साल वैष्णों देवी का दर्शन कराते हैं
तीज-त्यौहार
अपने जैसे लोगों के साथ मंदिरों पर
केला और सेब बटवाते हैं
आबादी, चारागाह एवं तालाब में
पट्टा देकर
मकान और शौचालय
बनवाते हैं
सब को खुश रखते हैं
जो जैसे बिकता है
उसको वैसे खरीदते हैं
मुर्दों में जान फूंकना जानते हैं
अधिकारी इनके मुरीद हैं
पैसे की लालच में
ईमान बेचे बैठे हैं
ऊपरवाला सब देखता है
एक दिन उसका कोपभाजन बनते हैं
चलते-चलते ऐसे ही मुर्दों जैसा जीवन जीते हैं।

24. गढ़ कर जाओ

आओ
गले लग जाएँ
जीवन को
फिर से जी लें
अतृप्त इच्छाओं का बोझ लिए फिरते हैं
कल किसने देखा है
मिले या न मिले
जीवन को फिर से जी लें
जो कुछ है
यही जनम है
अगले जन्मों के भ्रम में जीते हैं
रखकर आस यही
क्षण-क्षण विरह व्यथा में जीते हैं
कुछ लिखकर जाएँ
कुछ गढ़ कर जाएँ
यादों को शब्दों में वितरित करते जाएँ।

25. मुखौटा

इंसान
एक ही समय में
कई मुखौटे लगाकर चलता है
कौन सा मुखौटा
कब उतारना है
कब पहनना है
वह भली-भांति जानता है
पूरी जिंदगी
मुखौटे लगा कर जीता है
इसलिए वह
स्वयं को कभी पहचान नहीं पाया
न ही समझ पाया
भ्रम में ही जीता रहता है
जब वह मरता है
तो भी मुखौटे लगा के रखता है
यही इंसान की फ़ितरत है
आज समाज में
मुखोटे, मुखौटों को चिढ़ा रहा है
किसका कितना अच्छा है
पहनना चाहता है
मुखौटा उतार कर फेंक नहीं सकता है
मुखौटे में
वह समाप्त हो जाता है।

26. प्रतिकार

इंसान
जीते जी मर गया है
अन्याय के खिलाफ बोलता नहीं है
अन्याय करने वाले
और अन्याय करते जाते हैं
हमें
गुलामी की आदत पड़ गई है
कई सदियों तक
हम गुलाम रहे हैं
गुलामी की प्रकृति
हम में रच-बस गई है
पहले हम
दूसरों के गुलाम थे
आज हम
अपने ही लोगों के गुलाम हैं
जो इससे निकलने की कोशिश करते हैं
अन्याय का प्रतिकार करते हैं
उन्हें कुचल दिया जाता है
डर जाते हैं
क्योंकि उनकी कई नस्लें
गुलामी की वजह से

अपना वजूद खो बैठे हैं
सब खोकर भी
बस वे जीना चाहते हैं
नहीं करना चाहते
प्रतिकार।

27. माइन्ड वीक हो गया है

जब किसी अपने पर
कोई बड़ी विपत्ति आती है
जिसे हम प्यार करते हैं
तो देखकर
मन विचलित हो जाता है
उदास हो जाता है
जीवन नीरस सा लगने लगता है
वह अपनों से भी दूर होने लगता है
अनकही पीड़ा से
कभी-कभी मन
इस तरह व्यथित हो जाता है
कि इंसान पागल जैसा हो जाता है
सबसे दूर जाने लगता है
रास्ता भूल जाता है
वह सिर्फ जिंदा रहता है
वह हमेशा दुखी रहता है
ऐसे एक इंसान को मैं जानता हूँ
अतिशय सम्मानीय है
बेटी के असमय विधवा हो जाने से
अब कहीं आता-जाता नहीं है
सिर्फ सोचता रहता है
इसलिए जिंदा है
समारोह में कहीं आना-जाना नहीं होता है

लोग पूछते हैं
वे क्यों नहीं आए
एक बच्चा जो बार-बार यह सुन रहा था
समझाया, बोला बुआ
अब कोई पूछे तो बोलना
उनका माइन्ड वीक हो गया है
इसलिए नहीं आए हैं
भोलू ने भोलेपन से रटा दिया बुआ को
अब कोई पूछता है
तो झट से बोल देती हैं
कि उनका माइन्ड वीक हो गया है
इसलिए नहीं आए हैं
भोलू अब साथ नहीं है
फिर भी साथ दे गया है।

28. तो क्या हुआ

झूठ बोलने से अच्छा है
सच बोल कर बुरा बन जाओ
वे नाराज होंगे
तो क्या हुआ।

आज जिंदगी
खुलकर जिओ
कल मर भी गए
तो क्या हुआ।

आओ मिलकर
कुछ दूर साथ चलते हैं
आगे चलकर बिछुड़ भी गए
तो क्या हुआ।

रिश्ते निभाने में
उमर गुजर गई
कोई समझ नहीं पाया
तो क्या हुआ।

चलते-चले जिंदगी भर
मंजिल के लिए
नहीं मिली
तो क्या हुआ।

ढूंढता रहा वर्षों तक
ईमानदार अफसर
समय नष्ट हुआ
नहीं मिला तो क्या हुआ।

मैंने किसी को
रिश्वत नहीं दी
काम नहीं हुआ
तो क्या हुआ।

सत्य की खोज में
निकल पड़े हैं
ढूंढता हूँ जगह-जगह
नहीं मिला तो क्या हुआ।

सांस चलती रहती है
चिंतन चलता रहता है
जी लो खुशी के कुछ पल
सांस रुक भी गई तो क्या हुआ।

बोलता हर कोई है
सत्य की जीत होती है
वे ही उन्हें हराने में लगे हैं
तो क्या हुआ।

जितना चिंतन करोगे
उतना दूर जाओगे
कुछ तो मिला
दूर भी हो गए तो क्या हुआ।

दूसरों को समझने में
जीवन चला गया
फिर भी कुछ हाथ नहीं लगा
तो क्या हुआ।

29. सांध्य बेला

जीवन का अन्तिम पहर है
सूरज ढलने को आया है
दरवाजा खुला है
ड्यूढ़ी पर मत रुक जाना
मनुहार का समय
अब रहा नहीं
सीधे अन्दर आ जाओ।
गले लगा लो
ओठों को ओठों से स्पन्दन दो
जीवन फिर से स्पन्दित होगा
अन्तिम बेला की
इस प्रणय कथा को
संचित कर दो, फिर जाओ।
जल-थल-नभ सब
साक्षी होंगे इसके
आ जाओ-आ जाओ
जाने की बेला जब आएगी
रोना मत
सम्बल मेरा टूटेगा अन्तिम क्षण
दरवाजा खुला है
आ जाओ
जीवन का अन्तिम पहर है।

30. सुरेखा

मन में उपजी
आड़ी-तिरछी रेखाओं को
अब मिट जाने दो
जीवन क्षण-भंगुर है
हम सबने देखा है
यह काल कारोना में
खींचो एक सुरेखा।
मिट जाने दो
राग-द्वेष एवं ईर्ष्या को
निर्मल मन कर
आगे बढ़कर
गले लगा सब को
यह अवसर जाने मत दो
फिर से खींचो एक सुरेखा।
क्या रखा है इन सब में
रह जाएगा सब कुछ
इसी धरा पर
क्या करके जाओगे
अब भी सोचो
देर हुई नहीं है
फिर से खींचो एक सुरेखा।
करते हो छल-प्रपंच जिस बावत्
उसको पाने से

क्या सब मिल जाएगा
सोचो
जीवन में क्या लेकर आए थे
क्या लेकर जाओगे
खींचो एक सुरेखा सर्वहृदय में।

31. सत्यमेव जयते?

किताबों में पढ़ा है
स्कूल में गुरु जी ने पढ़ाया
बोर्ड पर लिखा था
दीवारों पर टँगा देखा
नेताओं के भाषण में सुना
कई जगहों एवं अवसरों पर सुना
यहाँ तक कि
बड़े-बड़े विद्वानों ने
बड़ी-बड़ी किताबें लिख डाली
करोड़ों प्रतियाँ बिक गई
लेकिन कभी जीतते नहीं देखा।
थानेदार को अपराधी की आवभगत करते देखा
थाना को दलालों से घिरा देखा
बेगुनाह को अन्दर करते देखा
दबंगों को तालाब, चारागाह, श्मशान
और दूसरों के मकान एवं जमीन पर
कब्जा करते देखा
अधिकारियों को अनपढ़ों एवं अपराधियों को
सेल्यूट मारते देखा
पर सत्य को कभी जीतते नहीं देखा।
न्याय के मंदिर में
शातिर वकीलों द्वारा अपराधियों को छुड़ाते देखा
सब कुछ देखा

सत्य को कभी जीतते नहीं देखा।
हम विश्व-गुरु बनने जा रहे हैं
ऐसा लोगों को चाय की दुकान पर कहते देखा
हम अंग्रेज से तो आजाद हो गए
पर अपनों से ही बन्धक बनते देखा
अजब है - गजब है - देश हमारा
पर सत्य को कभी हमने जीतते नहीं देखा।

32. जीवन फिर से जी लो

पानी की बूंदें
जब धरती पर गिरती हैं
खिल उठता है
कलरव करता है
झम-झम करता है
जीवन जी उठता है
स्पन्दन करता है
सोंधी-सोंधी खुशबू से
तन-मन महका देता है
भीगे उन बूंदों से
ऐसा मन करता है
बचपन में जाने को दिल कहता है
अब तो उन बूंदों को
मन दरवाजे से देखा करता है
मन कुछ कहता है
दिल कुछ कहता है
दिल पर भारी पड़ती मन की लीला
दरवाजे से कमरे में जाता
खिड़की से बूंदों को देखा करता है
बांध लिया उन लम्हों को
जिसमें जीवन बहता था

खोलो तोड़ो
उस बन्धन को
बाहर निकलो
नाचो पानी की बूंदों संग
जीवन फिर से जी लो।

33. नायक-नालायक

भ्रष्टाचार
जो कोढ़ की तरह है
भ्रष्टाचारी
किसकी संतान हैं
डी.एन.ए. टेस्ट होना चाहिए
जो देश को खोखला कर रहे हैं
जिन्हें रोकने की जिम्मेदारी दी गई है
नायक कहलाते हैं
नायक जब नालायक होता है
तो उसके सलाहकार
जो पढ़े-लिखे बुद्धिजीवी लोग होते हैं
उनके साथ हो लेते हैं
इनके मलजोल से ही
भ्रष्टाचार पनपता है
विकसित होता है
झूठ-कपट और धोखा का जन्म होता है
इन्हें पोषित किया जाता है
बाद में जीवन के आचार-संहिता में
स्थापित कर
समाज को दूषित कर
सत्ता-सुख का आनन्द लिया जाता है
इन्हीं की जय होती है
विजय होती है।

34. हे प्रभु

अरबों-खरबों का धन संचित कर
सोने-चांदी के रत्न-जड़ित घर में रहते हो
करते क्या हो?
भूखे-प्यासे सोते हैं बच्चे
शिक्षा के अभाव में जीते हैं
खेलने-कूदने के दिन में
कचरे में कचरा बिनते हैं
अंश तुम्हारा है
इन बच्चों में भी
फिर भी नंगे-भूखे
चलते-फिरते रहते हैं
गंदे फेंके कचरे से बिनकर खाना खाते हैं
खुले आसमान में हंसते-खेलते रहते हैं
हे प्रभु,
यह सब होते भी
आप रत्न-जड़ित घर में रहते हो
औरत करती है मजदूरी
पति पिए बैठे रहते हैं
मारते-पीटते रहते हैं
चीरहरण करते रहते हैं
तुम तो वनवासी हो
फिर क्यों रत्न-जड़ित घर में रहते हो?
वैभव, सत्ता, सुख पाने को

पाखंडी लोगों ने
अद्‌भुत घर बनवाए हैं
धर्मों ने तुमको भी बांट दिया है
सीख एक थी
उसमें भी भरमाया है
इंसान, इंसान को सदियों से लड़वाया है
रत्न-जड़ित सोने-चांदी के घर से
निकलो
देखो
इनकी लीला
कुछ तो कर जाओ इस युग में भी
बहुत हो चुका भेद-भाव और आडम्बर
आओ धर्म-ध्वजा खुद फहरा जाओ
मानव जीवन को खुशियों से भर जाओ
जीते जी आने की इच्छा हो
तो बतला देना
पथ पर बिछ जाऊँगा
पर धर्म-ध्वजा फहरा कर
निरीह एवं अबला को संबल
एवं दुष्टों का नरसंहार करके जाना
फिर से राम-राज्य स्थापित कर जाना।

35. प्रेम और शादी

प्रेम एवं शादी
दो अलग चीजें हैं
प्रेम
दिल की गहराई से आत्मा को छूती हुई
तन और मन को
उम्र भर स्पंदित करती है
जबकि शादी
सामाजिक सम्बन्धों की पूर्णता
और उसके निर्वहन की व्यंजना करती है
शादी के उपरान्त
स्त्री, पति पर अपना शासन अधिरोपित करती है
तो सही मायने में
न तो वह प्यार करती है
और न ही सामाजिक सम्बन्धों का निर्वहन करती है
वह मात्र यह सब
करने का छलावा करती है।

36. नया धाम बना कर जाओ

चार-धाम के दर्शन को
इतनी जनता नहीं उमड़ रही
जितनी उमड़ रही
नवनिर्मित धामों में
सुना था
सारे धाम हैं
माँ-बाप के चरणों में
इंसान
भटक रहा है, ईश्वर छोड़
धर्म के ठेकेदारों में
पाखंडी हैं
चीरहरण करते आए हैं
धर्मों का
व्याकुल मन
आशा की लालच में
उमड़ पड़ा है उन राहों में
जहाँ हो रहा शोषण
तन, मन, जीवन अर्पण करने निकला है
निरीह बन
निवेदन करता है
झोली भर दो मेरी

आया हूँ तेरे धाम में
कुटिल हंसी
ईश्वर को कर आगे
आशा के जाल-भंवर में उलझा कर
झांसा देकर ठगता जाता है
पूरी होगी मुरादें एक दिन
कहकर
आगे बढ़ता जाता है
हे ईश्वर,
तेरे नामों से ये ठगते जाते हैं
धर्म-ध्वजा अंकित कर तुमको
नभ में लहराते हैं
हंसते हैं तुम पर
मत हो मगन
आओ धरा पर
मानव बनकर
देखो इनकी लीला
फंस कर निकलो तो जा नूं
देख व्यथा लोगों की
दुःख हर कर जाओ
कुछ क्षण तो खुश होंगे
आप भी एक नया
धाम बनाकर जाओ।

37. झूठ की दुकान

झूठ की दुकान
सजी हुई है
खरीददारों की लाइन लगी है
धक्का-मुक्की चल रही है
ऐसा लगता है
लोगों में झूठ खरीदने की होड़ लग गई है
ऐसा न हो
कि झूठ खत्म हो जाए
और हम रह जाएँ
एक कोने में सच दुबक कर बैठा है
इस आस में
कि कोई तो खरीददार आएगा
झूठ की दुकान पर
भीड़ बढ़ती जा रही है
सत्य कई महीनों से भूखा था
कंकाल साफ नजर आ रहा था
थक हार कर निर्णय लिया
छुपते-छुपाते भीड़ से
झूठ की दुकान पर पहुँच गया
पारखी लोगों की नजर उसे पहचान ली
और उसे पकड़कर जमकर
भीड़ पीटने लगी
अधमरा कर दिया

कुछ लोगों ने पूछा
क्या हुआ?
लोग बोले
झूठ बेच रहा था
हमने इसे अधमरा कर दिया
ताकि कोई झूठ
फिर से
सत्य के बीच में न घुस सके।

38. लौट चलते हैं-बचपन की ओर

चलो लौट चलते हैं-बचपन की ओर
फिर से खेलते-कूदतें हैं
दोस्तों से गले मिलते हैं
यादों की गलियों में
खुले दरवाजे के पीछे से
एक झलक पाने को
फिर ढूंढकर आते हैं
बरसात के मौसम में
आमों के बागों में
पानी की बरसाती बूदों में
खुद को नहला कर
फिर से आते हैं
चलो लौट चलते हैं-बचपन की ओर
वह बे मौसम आएगी
गीतों को गाती जाएगी
आओ मिल लेते हैं फिर से
ताजा करते हैं उन यादों को
जिसको लेकर जीवन बुनते हैं
सुनते हैं, गढ़ते हैं, चलते-रहते हैं
चलो लौट चलते हैं-बचपन की ओर।

39. कोढ़

सुना है
पुल धँस गया
कोई हादसा नहीं हुआ
ईश्वर की कृपा रही है
लोग चर्चा कर रहे थे
कि अभी पुल को बने साल भर भी नहीं हुआ
एक-दो दिन समाचार पत्रों ने भी
अनमने मन से प्रकाशित किया
लोग भूल गए
बात आई-गई हो गई
कुछ ने कहा
यह तो होता रहता है
चुनाव आने वाला है
सरकार बहुत सख्त नजर आ रही है
भ्रष्टाचार को सरकार
कोढ़ बता रही है
और कह रही है
भ्रष्टाचारियों को छोड़ेंगे नहीं
हमसे बच के जा नहीं सकते
गाँव-गाँव में चौपाल लगा रही है
डरने की जरूरत नहीं
डराकर बोल रही है
कई पुल/ब्रिज, इमारतें

और भी न जाने क्या-क्या
कई सालों से
अंगद के पैर जैसे जमे हैं
शायद पहले कोई ठेकेदार नहीं था
कोढ़ की बीमारी भी उतनी फैली नहीं थी
कि लाइलाज हो
जनता जाग रही थी
हुक्मरानों को डर लगता था
आज
जनता डर रही है, भयभीत है
बोलने की हिम्मत नहीं जुटा पा रही है
भ्रम पैदा कर जीतने का प्रयास किया जा रहा है
अब इस बीमारी का
कोई इलाज नहीं करना चाहता है
न करवाना चाहता है
सब बढ़ते देखना चाहते हैं
बीमारी को छुपाकर रखा है
कभी-कभार इलाज के नाम पर
कैंप लगा दिया जाता है
जल्दी ही समेट लिया जाता है
यह लाइलाज है
आपस में काना-फूंसी करते हैं
बढ़ता रहे, यही इसका इलाज है।

40. भेड़ियों को मारना पड़ेगा

बात सम्मान की हो
तो लड़ना जरूरी है
जिन्दा हैं तो जिन्दा
बताना जरूरी है
लड़ो मरते दम तक
जीतना कोई जरूरी नहीं है।
आज-कल
आम आदमी को
न्याय मिलना मुश्किल है
जंगल भेड़ियों से भरा है
डर लगता है इंसान को
मारकर खा जाएँगे हमें।
क्या करें न करें
पेट की भूख मिटाने को
जंगल जाना पड़ेगा
जंगल बचाना पड़ेगा
भेड़ियों को मारना पड़ेगा।

41. तान्त्रिक

हमने कहा था उसे
पास मत जाना
पर वह मानी नहीं
उसके आश्रम गई
तन्त्र-मन्त्र पर अटूट विश्वास था
सालों से बच्चा नहीं हो रहा था
बाबा ने उसे जूस में मिलाकर पिलाया
बेहोश हो गई
व्यभिचार किया
जब वह लौटी
तो अस्मत लुटा चुकी थी
मैंने पूछा,
बाबा से मिल आई
नज़रें नहीं मिला पाई
चली गई वह
कुछ दिन बाद पता चला
कि वह गर्भवती है
उसके घर में खुशी की लहर दौड़ गई
समय पर बच्चा पैदा हुआ
मुहल्ले की औरतों ने कहा
बाबा की कृपा बरसी है

नामकरण तो बाबा ही करेंगे
बाबा ससम्मान आए
सर पर हाथ रखकर आशीर्वाद दिया
सदा सौभाग्यवती भव, दूधो नहाओ-पूतो फलो
कहकर-मुस्कराते हुए चले गए।

42. जिंदा लाश

चुनावी रैलियों में
लाखों-करोड़ों खर्च किए जा रहे हैं
भीड़ जुटाई जा रही है
दिहाड़ी पर
आने-जाने की व्यवस्था है
बसों में
चाय-नाश्ता का इंतजाम भी है
यह पैसा कहाँ से आ रहा है
किसका है
सब मौन हैं
भीड़ में जिंदा लाशें खड़ी हैं
तालियाँ बजाती हैं
जिंदाबाद के नारे लगाती हैं
पानी की तरह पैसा बहता है
चुनाव के बाद
फिर कभी-कभार यह मौका मिलता है
फिर भी लोग खुश हैं
जिंदा लाश को कभी पैरों पर
चलने लायक नहीं रखते हैं
मुफ्त बाँटने की होड़ लगी है
सब कुछ बिक रहा है

खरीदने के लायक होना चाहिए
भीड़ के लोग
एक-एक कर मरेंगे
वे भी मरेंगे एक दिन
लेकिन सब कुछ तहस-नहस करके
हम अमर नहीं हैं
भूल जाते हैं
भीड़
तुम्हीं हो हमारी सीढ़ी
तुमको यहीं खड़े रहना है
जब तक हम हैं
तुम इसी हालत में मिलोगे
मंच से
हाथ जोड़कर
मुस्कराकर
अभिवादन करते हैं
खाली हाथ दिखाते
निकल जाते हैं।

43. बचा नहीं कोई अब

ऐसा दिखता है
तूफानों से लड़ने वाला
बचा नहीं कोई अब।
दरिया भी बहती है अपने मन से
धारा की विपरीत दिशा में
ले जाने की कूवत वाला
बचा नहीं कोई अब।
रणभूमि में लड़ने वाला
अधर्म के खिलाफ
बचा नहीं कोई अब।
वीरान हो रहे बागों को
सिंचन करने वाला
बचा नहीं कोई अब।
बचे नहीं अब ऋषि-मुनि
बाबाओं और धामों का
अम्बार लगा है
खोज रहे हैं ईश्वर को
जो हैं कण-कण में
उनको सही राह दिखलाने वाला

बचा नहीं है कोई अब।
खुद से लड़ने की ताकत
बची नहीं है हम सब में
लड़ने से पहले मर जाते हैं हम
जिंदा करने वाला बचा नहीं कोई अब।

44. चीरहरण

जिस देश की
बहुतायत जनता
गरीबी में जी रही है
अशिक्षित हो
दो वक्त की रोटी
तन ढकने के लिए कपड़ा
और रहने के लिए घर न हो
मुफ्त राशन, बिजली एवं पानी पर
रेंग रही हो
वहाँ धर्म के नाम पर
आस्था एवं विश्वास को
आसानी से छला जा सकता है
ठगा जा सकता है
क्योंकि हर गरीब
अमीर बनना चाहता है
बेरोजगार, रोजगार चाहता है
धनवान और धनवान होना चाहता है
तभी तो इंसान की आस्था एवं विश्वास को
छलने के लिए
बाबा एवं परमेश्वर धाम की भरमार है
भीड़ उमड़ रही है

सपनों को पूरा करने के लिए
अपने को सुरक्षित करने के लिए
छले जा रहे हैं
लेकिन विश्वास नहीं कर पा रहे हैं
दौड़ रहें हैं
कहीं हम पीछे न हो जाए
गिर रहे हैं एक दूसरे के ऊपर
कुचल रहे हैं एक दूसरे को
भीड़ में मर रहे हैं
राजा
पहले ही यह समझ गया है
सत्ता-सुख की मजबूत सीढ़ी है
एक दिन धर्म का यह रूप
मानव जाति के लिए खतरा
और विध्वंस का कारण बनेगा
अंधभक्त हो गए हैं
वह अपना ही चीरहरण कर रहा है
सिर्फ सब देखते हैं
बोलते कुछ नहीं हैं।

45. आभा

वह
तेज कदमों से चली जा रही थी
मैं, सड़क के किनारे टहल रहा था
कहीं से मजदूरी करके आ रही थी
काफी खुश नजर आ रही थी
साथ में उसका पति भी था
हाथ में मैला-कुचैला थैला लिए हुए थी
कुछ बात कर रही थी
और हँस रही थी
उस हँसी में जो खुशी तैर रही थी
वह अप्रतिम थी
एक अजीब सा तेज था
उसके चेहरे पर
साड़ी मैली-कुचैली पहने थी
धूल से गन्दी हो गई थी
उसके शरीर पर ऐसे लग रही थी
जैसे काली मिट्‌टी पर बरसात हुई हो
और सोंधी-सोंधी खूशबू फैल रही हो
ऐसी आभा विस्तीर्ण कर रही थी
जैसे सूरज स्वयं डूबते हुए
झुक गया हो

अमीर लोगों की तिजोरियाँ पैसों से भरी रहती है
ऐसी खुशी पाने के लिए
जिंदगी गुजर जाती है
नसीब नहीं होती है
दिखती है तो बनावटी एवं खोखली हँसी
चेहरे पर
पैसे का ग़रूर नजर आता है
आभा नहीं।

46. भ्रमजाल

कैसा युग आया है
माँ-बाप, ईश्वर को छोड़
और वे
धामों में विचरण करते हैं
जल्दी-जल्दी पाने के लालच में
सब कुछ अर्पण करते हैं
प्रतिदिन बाबा
ईश्वर से फोन पर चर्चा करते हैं
जो माँगोगे
मिल जाएगा
ऐसा प्रचार करते हैं
सपनों में रखते हैं
जब कोई करता प्रयास
राह दिखाता सच का
अनुयायी बाबा के
ऐसा प्रचार करते हैं
बाबा सच्चे, तुम झूठे हो
यह धाम नहीं
धंधा है
माया-जाल का फन्दा है
तोड़ो इनको

निकलो इनसे बाहर
सद्कर्म करो केवल
करो प्रणाम ईश्वर को
विश्वास करो
उसको अर्पण कर दो सब कुछ
लो आशीष मात-पिता का
कर्मपथ पर बढ़ते जाओ
आएगा ऐसा एक दिन
अपनी मेहनत से जीतोगे
गाओगे खुशहाली के गीत
भ्रम से निकलेंगे सब
सबका जीवन सुख-समृद्धि से
बढ़ता जाएगा-बढ़ता जाएगा।

47. डरो नहीं

डरो नहीं
रुको नहीं
बढ़े चलो
चलते चलो
गिरोगे
उठोगे
बढ़ते चलोगे
यकीनन
रोड़े आएँगे
डराए जाओगे
मनोंगे नहीं
तो धर्म और जाति के झूले में झुलाएँगे
ईश्वर के नाम की दुहाई देंगे।
हौसला रखना
जरूरत पड़े तो जबाब देना
आगे बढ़ते जाना
और भी परेशानियाँ आएँगी
सच को झूठ बताएँगे
छलने की कोशिश करेंगे
ध्यान भटकाएँगे
फिर भी चलते जाना

नवयुग की अलख जगाना
भाई-चारा को मजबूत बनाना
शिक्षित हों सब
शिक्षा की अलख जगाना
सब मिलकर कदम बढ़ाना
राम-राज्य को फिर से लाना
डरो नहीं
रुको नहीं
बढ़े चलो।

48. भवसागर

नदी को
रात में बहते देखा है
वह भी
सोती है
धरती उसका बिछौना
और आकाश उसकी चादर
सोते में भी
बहती रहती है
अपने गर्भ में
अनगिनत खुशी और गम के अवसाद
छिपाए रखती है
फिर भी बहती रहती है
रुकती नहीं है
इंसान किया
जब-जब छेड़-छाड़
तब-तब वह अपना विकराल रूप दिखाई है
तहस-नहस कर देती है
इंसान के ग़रूर को
अस्तित्व को
फिर भी वह मानता नहीं है
उसके सीने को

छलनी करता जा रहा है
पैसे से घर को भरता जा रहा है
वह कुछ बोलती नहीं है
समय पर करती है
सदियों से
नदी को पूजते हैं
जीवनदायिनी है
सूख कर भी
अस्तित्व को
संभाल कर रखती है
समय पर
मेघ झुककर
बरसकर
उसके प्रवाह को
बरकरार रखता है
जीवन्त रखता है
जीवन भी कभी रूकता नहीं है
रुकता है
विश्राम करता है
फिर चल पड़ता है
नदी की तरह
चलते-चलते ही भवसागर में मिल जाता है

49. प्रेम-पत्र

प्रिये,
बसन्त का आगमन हो गया है
सरसों के खेत पीत-वर्ण में लहलहा रहे हैं
गेहूँ की बालें जवान हो गई हैं
हल्के पवन के झोंके से
खेतों में एक दूसरे के साथ इठला रही हैं
महुए के पेड़ों में फूल आ गए हैं
खेतों की जिन पगडंडियों पर साथ चले हैं
इंतजार कर रही हैं
कुछ समय में महुए के फल
पेड़ों से चूने लगेंगे
चारों ओर एक अजीब सी खुशबू फैल जाएगी
ऐसा लगता है
मेरी तरह ये सब भी तुम्हारे आने का इंतजार कर रहे हैं
जैसे-जैसे दिन नजदीक आ रहा है
जिस गली में तुम्हारा घर है
पाँव खुद-बखुद बढ़े चले जा रहे हैं
पहुँच कर ठिठक जाते हैं
उन दरवाजों एवं खिड़कियों को
जो तुम आने पर खोल कर रखती हो
खुलने के लिए व्याकुल हैं
दिल की धड़कने बढ़ने लगी हैं

रात में
चन्द्रमा में
तुम्हारा चेहरा नजर आता है
माथे पर छोटी सी बिन्दी
सीप जैसी आँखें
हिलते हुए होंठ
सोने नहीं देते हैं
अब तो आमों के बाग में भी बौर आने लगे हैं
खेत-खलिहान खाली हो गए हैं
कभी बादलों की गड़गड़ाहट के बीच
आकाश इन्द्रधनुषी हो जाता है
सब तुम्हारी अगुवानी के लिए आतुर हैं
एक दिन पता चला
कि तुम आ गई हो
मिलने, एक झलक पाने के लिए
दिल एवं मन बेकाबू है
गली से गुजरा
दरवाजा थोड़ा खुला देखा
दिल तेज-तेज वीणा के तारों जैसा धड़कने लगा
तुम आयी
सोचा था, बातें करेंगे
मुस्कराई
जैसे कह रही हो, मैं आ गई
इंतजार खत्म हुआ
उसे क्या मालूम

प्यार का इंतजार कभी खत्म नहीं होता
प्रारब्ध तो होता है
अन्त नहीं है
छुप-छुप कर मिलते, बातें करते
समय कैसे बीत गया
पता नहीं चला
समय आ गया
एक दिन उसके जाने का
सोचा था यह प्रेम-पत्र
किताब में छुपाकर दे दूँगा
सो गया
उसके सपने में
नींद खुली
दौड़ते-दौड़ते पहुँचा उसके घर
पता चला
वह चली गई
किताब हाथ से गिर गई
वह प्रेम-पत्र हवा से कहाँ उड़ गया
पता ही नहीं चला
अब जब भी जाता हूँ
ढूँढ़ता हूँ
उस प्रेम पत्र को
मिल जाए तो
जब मिलूँगा उससे
तो दे दूँगा
गले लगा लूँगा।

50. आपकी मर्जी

अन्याय के खिलाफ
लड़े या न लड़े
आपकी मर्जी।
बोलकर
लड़कर
शहीद होना चाहते हैं
या चुप रहकर
न लड़कर
कुत्ते की मौत मरना चाहते हैं
आपकी मर्जी।
प्रश्न भी है, उत्तर भी है
समझना है या नहीं
आप की मर्जी।
पढ़-लिखकर
शासन-प्रशासन में
कुर्सी पर बैठकर
देश-सेवा करना चाहते हैं
या लूटना
आपकी मर्जी।
हम कौन होते हैं बताने वाले
क्या सही है-क्या गलत है
करना क्या है
आपकी मर्जी।

51. वे आयेंगे

सत्याग्रह में
सत्य को सड़क पर
पटक-पटक कर मार रहे हैं
मुर्दों का शहर है
कुछ लोग जिंदा हैं
जो आवाज उठा रहे हैं
लोकतन्त्र स्तब्ध है
याद रखिए!
एक दिन समय हुंकार भरेगा
दुर्योधन से द्रोपदी की लाज बचाने को
मथुरा से श्री कृष्ण आएँगे
रावण से सीता को मुक्त कराने
अयोध्या से मर्यादा पुरुषोत्तम राम
फिर से आएँगे
उज्जयनि से महाकाल निकलेंगे
फिर क्या होगा!
तांड़व होगा
सत्य एवं न्याय हारेगा नहीं
भारतमाता की बेटियों
याद रखो
अन्त में सिर्फ सत्य एवं धर्म जीवित रहेगा
विश्वास रखो
वे आएँगे।

52. दुर्गति

वेश्या को
पैसे देकर
इंसान
इतनी दुर्गति नहीं कर रहा है
जितनी सत्तासीन लोग
देश की दुर्गति कर रहे हैं
लोग आँख मूंदे हैं
चीरहरण हो रहा है
पढ़े-लिखे
अधिकार सम्पन्न लोग
निर्लज्ज की तरह
धन की लालच में
अपनी माँ को
बेपरदा होते देख रहे हैं
देश बढ़ रहा है
बता रहे हैं
विश्वगुरु बनने जा रहे हैं
ऐसा झांसा दिखा रहे हैं
गुलाम है अभी भी
इसलिए झूठ को सच बता रहे हैं।

53. मुर्दों का गाँव

समाचार पत्रों में पढ़ा
पब्लिक-ऐप पर देखा और सुना
प्रधान सबको साधकर
लेकर पहुँचा बाहुबली बनकर
दबाव बनाने लगा
पैंतराबाजी करने लगा
सारा शासन-प्रशासन साथ में है
कुप्पे की तरह फूलने लगा
सत्ता की खातिर नशें में चूर
अवैधानिक कृत्य को वैधानिक करने लगा
उठवाया फावड़ा
खोद डालो, बना डालो
देखते नहीं, सेना है हमारी, कौरवों जैसी
तुमने अतिक्रमण किया
तोड़-फोड़ की
गाली-गालौज की
हमने तुम्हें बचा कर रखा है
जहाँ जैसा लगता है
वैसा बताते हैं, तुम्हारे बारे में
गरीब हो, असहाय हो, तुमको सब सताते हैं
और तुम्हें अगली चाल चलने को बताते हैं
अधिकारी को जो दिखाते हैं
वही देखते हैं

झूठ को सच बताते हैं
सब को खरीद रखा है
बुजुर्ग हाथ-पैर जोड़ रहा है
वह गलत काम करने को रोक रहा है
एफ.आई.आर. की धमकी देकर
उसको रुला रहा है
मुर्दों का गाँव सोया हुआ है
जब आकर कोई हिम्मत कर पूछा
आदेश की प्रति दिखाइए
दरोगाजी ने पूछा
प्रधानजी, आदेश की प्रति दिखाइए
सब था नदारद, क्या कैसे बताएँ
क्या दिखाएँ
आभास था, कौन पूछेगा?
इतनी बड़ी सेना के सामने
सेना में कुछ कर्ण जैसे भी थे
खुद्दारी जगी
सेना को बोला, वापस चलो
खंड विकास अधिकारी बोला
तैयारी करके आएँगे
जैसा चाहेंगे वैसा करोओगे
इज्जत गई तो क्या हुआ
हम जैसों की इज्जत है कहाँ
उदास मत होइए
हम सब आपके मुरीद हैं
देखा नहीं
यह तो मुर्दों का गाँव है।

54. पत्रकारिता

चौथा स्तम्भ कहा जाता है
यह समाज को सच बताता है - दिखाता है
नीति-अनीति का भेद करता है
सत्ता-पक्ष की कमियों को उजागर करता है
गलत कर रहे हो
हिम्मत से निडर होकर
डंके की चोट पर जनमानस को
झकझोरता है
सच्ची एवं ईमानदार पत्रकारिता से
सरकार भी भयभीत रहती है
अब तो पत्रकारिता एवं पत्रकार
गुजरे जमाने की बात हो गई है
इनकी हालत
पालतू कुत्ते जैसी हो गई है
कुछ गिने-चुने पत्रकार हैं
जो अपनी जिम्मेदारी निभा रहे हैं
पालतू कुत्ते और इनके मालिक
परेशान रहते हैं
क्योंकि ढकी पोल को खोलने का काम ये करते हैं
इन पर भौंकते भी हैं
पर काट नहीं सकते हैं
क्योंकि इनके दांत तोड़ दिए गए हैं
अब तो आसमान से

उड़न-खटोला पर उड़ते हुए
पत्रकारिता की जाती है
पत्रकारिता नहीं करते ये
नौकर हैं - गुलाम हैं ये
जनता को सच दिखाने के बजाय
सच छिपाने का काम करते हैं
सच से नाराज दिखते हैं
सच के बारे में पूछ लो
तो काटने दौड़ते हैं
लोकतन्त्र सोने के पिंजरे में
कैद होता जा रहा है
मुक्त कराना पड़ेगा
जो इस मुहिम में हैं
साथ देना पड़ेगा
तभी चौथा स्तम्भ जिंदा रहेगा।

55. युवा शक्ति

न वे युवा हैं
न उनमें शक्ति है
नाम के युवा शक्ति हैं
व्यस्त हैं
वे फेसबुक, वॉट्सएप
इंस्टाग्राम एवं ट्विटर पर
अक्सर वे आनलाइन दिखते हैं
सुबह-सुबह
सुविचार लिखते हैं
गाँधी एवं नेहरू जी पर
टिप्पणी करते हैं
बीच-बीच में
मीडिया प्रसारित
अभिनेत्रियों के
बेहद बोल्ड तस्वीरों को देख मचल उठते हैं
इन्टरनेट का पारा
इन्हीं से चढ़ता-उतरता है
इतिहास के बारे में अनूठी
जानकारी देते हैं
तस्वीरों को कट-पेस्ट कर
बदनाम भी करते हैं

शोहरत भी दिलाते हैं
बचे हुए समय में
विधायक एवं सांसद के
साथ समय बिताते हैं
और फिर पोस्ट करते हैं
फुर्सत के कुछ क्षण
विधायक/सांसद जी के साथ
उनके चरणों में नतमस्तक हो
आशीर्वाद प्राप्त किया
हुक्का बार में भी
नज़र आ जाएँगे
पकड़े गए तो विधायक जी छुड़ाएँगे
मादक पदार्थों का भी मजा ले रहे हैं
युवा शक्ति
शक्ति का पान कर रहे हैं
जो काबिल हैं
वे देश से पलायन कर रहे हैं।

56. बिज़नेस ट्रिप

दिल्ली
मुम्बई
कलकत्ता
मद्रास
जहाँ-जहाँ
बिज़नेस ट्रिप में जाते हैं
शराब और शबाब
ढूंढ़ते हैं
तन-मन की प्यास बुझाने को
गली-गली
अगल-बगल
आस-पास
पूछते पछोरते हैं
तुम्हें मालूम है
जब तुम यह सब करते हो
तो वह भी
तुम्हारे जैसों को ढूंढ़ती है
उन्हीं जगहों पर
वह भी
तुम्हारे जैसी हो गई है
उसकी प्यास बुझा सको तो समझूँ
जा नूँ।

57. राजनीति

सपने बेच रहे हैं
लोग नंगे हैं अन्दर तक
खरीद रहे हैं
बिक रहे हैं
तन ढकने के लिए
हम इन्हें देंगे नहीं
कसम खाते हैं
सदियों तक इन्हें नंगे ही रखेंगे
तभी आएँगे
हमारे गीत गाएँगे
हम अपनी दुनिया सजाएँगे
देश को सबसे आगे ले जाएँगे
दुनिया में डंका बज रहा है
झूठ को सच दिखाएँगे
ऐसा बाँट दिया है
कभी एक न हो पाएँगे
धर्म-ध्वजा को लेकर हाथों में
ये बढ़ते जाएँगे
एक दिन निरीह-बेबस होते-होते मर जाएँगे
आगे अपनी पीढ़ी को भी
यही विरासत देकर जाएँगे।

58. खलनायक ही नायक हैं

इस युग में
खलनायक
नायक बनकर
वेष बदलकर
पहले भरमाते हैं
भटकाते हैं
फिर डसते हैं
सम्मोहन से
सम्मोहित कर
चीरहरण करते हैं
संन्यासी, नानक, पीर-पैगम्बर
नरेन्द्र देव एवं टैगोर
भक्त इन्हें बताते हैं
ये
रावण में राम दिखाते हैं
जनमानस को छलते हैं
विकसित होने का दावा करते हैं
रामराज्य की बातें करते हैं
ये खलनायक
ईश्वर की लीला है कहकर
वेष बदलकर, इंसानों को छलते हैं।

59. अजब है-गजब है-देश हमारा!

अजब है-गजब है - देश हमारा
चुनाव नजदीक आते ही
मुफ्त योजनाओं की घोषणा
शिलान्यास का कार्यक्रम
रैली
घर-घर दस्तक
आए दिन सुर्खियों में
समाचार पत्रों में छपने लगता है
पुराने शिलान्यास की जगह नए शिलान्यास
पत्थर पर लिखकर गाड़ दिए जाते हैं
आदिवासी, दलित के साथ
उनके घर पर भोजन करते हैं
नंगे को और नंगा करते हैं।
रैलियों और कार्यक्रमों में
बेरोजगारों को रोजगार मिल जाता है
दैनिक वेतन, आने-जाने की मुफ्त सुविधा
चाय-नाश्ता, खाना मुफ्त
शाम को लौटते थके-हारे को
दारू मुफ्त
पीकर नींद अच्छी आती है
खजाना खोल दिया जाता है

धन वर्षा होने लगती है।
मुफ्त की भीख
भिखारी को दी जाती है
आत्मनिर्भर निर्माण के लिए नहीं
भिखारियों की बड़ी भीड़
बेरोजगार लोग
रैलियों की शोभा बनते हैं
चेतना शून्य हैं
चलती-फिरती लाश हैं
गुलाम हैं-अपनों के
कहीं भी भीड़ बन जाते हैं
अपने वोटों से सिंहासन दिलवातें हैं
इसीलिए आज भी वे भिखारी कहलाते हैं
भिखारी जैसा जीवन जीते हैं
अजब है-गजब है - देश हमारा!

60. एनकाउन्टर

एनकाउन्टर
रोबीला शब्द है
एनकाउन्टर हो गया
सुनते ही
कुछ दुबक जाते हैं
कुछ मूंछों पर ताँव देते हैं
सत्ता सुरक्षित है
कुर्सी सुरक्षित है
जब तक हम हैं
आप सुरक्षित हैं
नारा है हमारा।

कौन माफिया है
अत्याचारी है
देशद्रोही है
भ्रष्टाचारी है
व्यभिचारी है
लम्बी फेहरिस्त है
लेकिन हम ही बताएँगे
दिखाएँगे
समझाएँगे
मीडिया को लगाएँगे
जनता को भरमाएँगे
फिर एक-एक कर एनकाउन्टर करवाएँगे।

61. रिश्ता

गाँव आया हूँ
बहुत दिनों बाद
गलियाँ, रास्ते, पगडंडी खेतों की
जैसे पहले से इन्तजार कर रही हों
झटपट गलियों से गुजरा
रास्ते पर चले
पगडंडी पर कभी झुके
कभी संभले
कभी लड़खड़ाए
पर चलते चले
बाग़ों को देखा
उदास दिखे
काफी बूढ़े हो चले हैं
ठूंठ हो चले हैं
फिर भी खड़े हैं
कुछ गिरने के कगार पर हैं
दुखी हैं
बाग़ खत्म होने के कगार पर हैं
हरित क्रांति नजर नहीं आई
झुकी हुई डालियाँ नहीं दिखीं
जिसको पकड़ कर, झुका कर
दोस्तों संग बैठते थे
झूलते थे

न झूलने वाले दिखे न झुलाने वाले
गाँव वीरान हो गया
रौनक खत्म हो गई है
जिस कड़ी धूप में उछल-कूद करते थे
आज वह चुभ रही है
जहाँ हर घर के दरवाजे-दलान में
कोई न कोई दिख जाता था
खाली पड़े दिखे
नीम का पेड़
अब वहाँ नहीं है
जहाँ उसने पूछा था, कुछ कहा था
जो रिश्ता था नहीं
उसमें जी रहे थे
जो रिश्ता बन गया था
उसमें बंध नहीं सके
तालाब सूख गए हैं
नहाने वाले बच्चे नहीं दिखे
सर पर गाय-भैंस के लिए चारा लाते
कोई दिखा नहीं
कुएँ जर्जर हालत में दिखे
तो कुछ का नामोनिशान मिट गया
मकान खंडहर हो गए
कभी रौनक रही होगी
दर्जनों बच्चे
दादा-दादी, नाना-नानी के साथ
परियों की कहानियाँ सुने होंगे

अंदाजा लगाया जा सकता है
बुझे मन से घर आ गया
स्मृतियों को समेटे
लेकिन आज भी हर जगह हर रास्ते पर
जहाँ मिले-चले
दिखती नजर आई
लौटने का समय आ गया
उदास मन से फिर वापस आ गया।

62. लाल गुलाम

समाज में
जब किसी अपराधी
अत्याचारी
व्यभिचारी
भ्रष्टाचारी
का जन्म-दिवस
शादी की सालगिरह आती है
तो समाज के सम्भ्रान्त लोग
पढ़े-लिखे लोग
धनाढ्य लोग
समारोह में पहुँचकर
बधाई देते हैं
मुबारकबाद देते हैं
न जाने कितनी महान उपमाओं के साथ
नवाजे जाते हैं
हृदय सम्राट, महान समाजसेवी, उदार-हृदय, सबके चहेते
सबके लाड़ले, गरीबों के मसीहा
हम सबके नायक
महान एवं शहीद लोगों को भी इतना याद नहीं किया जाता है
उनके अन्दर का भय है
अयोग्य के समक्ष नतमस्तक एवं शरणागत्
परम्परा चल पड़ी है
हम आज भी गुलाम हैं

आजाद हैं, विश्वास नहीं हो रहा
क्योंकि हम आत्मा से जिंदा नहीं है
सदियों तक ऐसा ही चलेगा
गुलाम रहेंगे
गुलामी करेंगे
गुलाम ही मर जाएँगे
मर कर लाल गुलाम कहलाएँगे।

63. वेश्या

वेश्या है वह
कोठे पर रहती है
घुटती है अन्दर-अन्दर
फिर भी पुरुषों को संतुष्ट करती है
वह भी नारी बनना चाहती है
लेकिन ताउम्र बन नहीं पाती है
क्योंकि समाज में
वह वेश्या कहलाती है
नारी
पत्नी के रूप में भी होती है
पति के नाम का
माँग में सिंदूर भरती है
माथे पर बिंदिया भी लगाती है
आखों में काजल लगाती है
पर वही जब चोरी-छुपे पर-पुरुष से सम्बन्ध रखती है
तो भी समाज में सम्मानित रहती है
और नारी कहलाती है
वह वेश्या होकर भी वेश्या नहीं कहलाती है
वेश्या कोठे से निकलना चाहती है
पर निकल नहीं पाती है
नारी बनना चाहती है
पर बन नहीं पाती है
ताउम्र वह वेश्या ही कहलाती है।

64. कहना बाक़ी है

लिखा हमने वह
जो दिल ने कहा
मन में आया
लिखते रहेंगे
जो दिल कहेगा
मन में आएगा
पढ़ो न पढ़ो
यह तुम्हारी मर्जी
जागो न जागो
यह तुम्हारी मर्जी
हम तो यूँ ही लिखते रहेंगे
जब तक दिल कहेगा
मन में आएगा
बहुत कुछ कहना बाक़ी है
जिंदगी रही
तो आगे भी
जो दिल कहेगा
मन में आएगा
लिखते रहेंगे-गढ़ते रहेंगे।

लेखक के बारे में

डॉ. ओम प्रकाश शुक्ल का जन्म 1963 में अमेठी (उ.प्र.) जिले के गाँव मल्लूपुर में हुआ। लखनऊ विश्वविद्यालय से एम.ए. (समाजशास्त्र) की डिग्री प्राप्त करने के उपरान्त बहुराष्ट्रीय फार्मास्युटिकल कंपनी ल्युपिन लिमिटेड, भोपाल में सेवा आरम्भ की। सेवा के दौरान श्रम कानून और औद्योगिक संबध में पी.जी. डिप्लोमा, एलएल.बी की डिग्री और समाज-विज्ञान में पीएच.डी (मानद) की उपाधि भोपाल विश्वविद्यालय से प्राप्त की। और भारतीय प्रबंधन संस्थान (अहमदाबाद) द्वारा संचालित प्रबंधन विकास के विभिन्न कार्यक्रमों में भाग लिया। जेवियर स्कूल ऑफ मैनेजमेंट (XLRI) के मानव संसाधन सम्मेलन में भी भाग लिया। लगभग 34 वर्ष विभिन्न पदों पर कार्य करते हुए 2022 में वरिष्ठ प्रबंधक - उद्योगिक संबंध के पद से सेवानिवृत्त हुए और अब भोपाल में रहते हैं।

उनकी साहित्य एवं लेखन में स्कूली शिक्षा के समय से ही गहरी रुचि है। इनकी कविताएँ एवं लेख विभिन्न समाचार-पत्रों में प्रकाशित हुए हैं।

साहित्य के क्षेत्र में उनकी पहली पुस्तक 'नौ-रस' (कविता संग्रह) जनवरी, 2023 में प्रकाशित हुई और दूसरी पुस्तक 'कहना बाक़ी है' (कविता संग्रह) सितम्बर, 2023 में प्रकाशित हुई है। दोनों ही पुस्तकें ऐमेज़ॉन, फ़्लिपकार्ट एवं अन्य प्लेटफ़ार्म पर उपलब्ध हैं। 'नौ-रस' बेस्टसेलर पुस्तकों की सूची में स्थान दर्ज करा चुकी है और यह भारत के अलावा अन्य देशों में भी बेहतर प्रदर्शन कर रही है। श्री शुक्ल को उत्कृष्ट लेखन के लिए प्रतिष्ठित 'गोल्डन बुक अवॉर्ड' भी प्राप्त हो चुका है।

आप उनसे इंस्ट्राग्राम @om.prakash.shukla1 पर संपर्क कर सकते हैं और उन्हें omshukla43@gmail.com पर ई-मेल भेज सकते हैं।

Notes

Notes

Notes

Notes

Notes

Notes

Notes

Notes

Notes

Notes

Notes

Notes

Notes

Notes